HORÁCIO DÍDIMO

tijolo de barro

INSTITUTO
HORÁCIO DÍDIMO
ARTE, CULTURA E ESPIRITUALIDADE

mórula
EDITORIAL

REVISÃO
Júlia Greco
Leonardo Cunha

CIP-BRASIL. CATALOGAÇÃO NA PUBLICAÇÃO
SINDICATO NACIONAL DOS EDITORES DE LIVROS, RJ
Elaborado por Meri Gleice Rodrigues — CRB 7/6439

D554t

Dídimo, Horácio, 1935-2018
Tijolo de barro / Horácio Dídimo. – [2. ed.]. – Rio de Janeiro: Mórula, 2023.
128p. : 18 cm.

ISBN 978-65-81315-54-2

1. Poesia brasileira. I. Instituto Horácio Dídimo. II. Título.

23-83025 CDD: 869.1
CDU: 82-1(81)

Rua Teotônio Regadas 26 sala 904
20021_360 _ Lapa _ Rio de Janeiro _ RJ
www.morula.com.br _ contato@morula.com.br
/morulaeditorial /morula_editorial

sumário

TIJOLO DE BARRO: areia, termo e transparência

CARLOS AUGUSTO LIMA
MANOEL RICARDO DE LIMA

. 1 .

Tijolo de barro é um livro de areia. Quando ficamos diante da ideia de que o mundo é feito de pequenas coisas, uma microscopia aberta, um projeto ininterrupto de que nada se sabe exatamente. Publicado em 1968, é o segundo livro de Horácio Dídimo [Fortaleza-CE: 23.03.1935 — 02.09.2018]. A capa, tão bonita quanto a de seu primeiro livro, é também desenhada por Sérgio Lima. O livro se dirige a uma prospecção de continuidade do que já emprenhara e imprimira como uma dilação de religiosidade, ao perceber que um *religare* existe quando se faz algo que é anonimamente pequeno, mínimo, quase nada.

O jogo vem, se lança e se expande da imagem da chuva que avança sobre um tempo seco até o barro da construção de um termo: o *confim* contra toda e qualquer ideia de fronteira; a *terra* contra todo e qualquer impedimento que se organize como território; a circunvizinhança como tarefa política lançada até o infinito da esperança e do milagre.

O projeto de *transparência* avança e se amalgama ao livro que veio antes, no ano anterior, 1967: *Tempo de chuva*. É tal e qual uma encruzilhada, um pacto, um relevo, uma contemplação da proximidade e, radicalmente, sem mapas. Nessa perspectiva pensada e também imprevista da transparência, própria do inespecífico da arte moderna, é importante reparar — tendo como exemplo a armadilha infraleve d'*O Grande vidro* de Marcel Duchamp — no traço tênue e corajoso do que Horácio imagina para o poema como um gesto de vida, com as imagens que vêm dos dias e todos os impasses do real. O corpo só suporta essa desvinculação se a imaginação se faz presente como força constitutiva de algum vínculo.

Pode-se ler no pequeno poema "os nossos aeroplanos de papel" praticamente uma anotação de leitura ou uma releitura do lindo texto de Franz Kafka, "Os aeroplanos em Brescia", quando o escritor tcheco atenta aos movimentos de Blériot e Leblanc e observa também Gabriele D'Annunzio, "baixo e fraco", postado num palco entre os líderes do fascismo italiano e ao lado de Puccini, "rosto poderoso" e "com um nariz que bem se diria um nariz de bêbado". Kafka imagina que "a coisa toda seria tão fácil". Dizendo reto o revés de Kafka, a coisa toda é muito difícil, Horácio reimprime a cor e o sentido da espera frente à construção da *errância* na vulnerabilidade da palavra e do papel:

> senhores passageiros
> portadores de fichas verdes
> queiram tomar seus lugares na esperança
>
> boa viagem

Importante reparar no que se apresenta a cada poema desse pequeno livro em direção aos poemas do livro do ano anterior, primeiro como interdição política e, principalmente, como esperança a uma ecologia da errância: "queiram tomar seus lugares na esperança". O que nos remete ao que Jacques Derrida toma como um sentido de *demeure*, que vem do latim *demorari*, ou seja, tanto esperar quanto tardar: mora, morada, demora, hospitalidade radical. Derrida pergunta como decidir sobre o que resta de modo estável, como entender essa palavra, se nome ou verbo, se locução adverbial, se ela é ao mesmo tempo o que permanece e o que intima. O pensador franco-argelino lembra que há aí sempre uma deriva de ideias diferidas, de espera, de contratempo, de atraso, de adiamento ou de suspensão. E anota que, por exemplo, "*être en demeure* é estar atrasado, e *mettre en demeure*, na linguagem jurídica, é intimar alguém a cumprir uma obrigação num determinado prazo".

Horácio era muito atento a isso, numa espécie de propulsão da linguagem silenciosa e vertiginosamente colada ao real, tocando os esgotamentos de pressão, temperatura e densidade da atmosfera que transformam a terra e a vida natural num único modelo, agora bélico e opressivo, o do capital e do direito que, por sua vez, violentamente existe para proteger os movimentos ininterruptos do dinheiro. Horácio cursou Direito na Universidade Federal da Guanabara, no Rio de Janeiro, e depois Letras, mestrado e doutorado na Universidade Federal do Ceará, onde foi também professor do curso de Letras.

Se numa perspectiva de geração, a que se inscreve nos anos 1960 de um Brasil descompassado pelo golpe militar e pela violência do AI-5 [perseguições, exílios, torturas, desaparecimentos e mortes], tem-se aí também as primeiras ilusões e deslumbres pelas imagens espaciais, a invasão televisionada e multicolorida, o afã tórrido pelo signo da tecnologia, a crença no pulsar do concreto fincado no planalto central — o equívoco pensado e espontâneo do que pode ser uma cidade —, a religião do progresso, o futuro incessante e que, enfim, parecia chegar a um país enorme, vasto, desigual, e que seria a natureza gratuita e cordial que iria redimir a nossa pobreza. A terra de bons ares, água em abundância, de chão fértil em que se plantando tudo dá. Natureza para ser devorada. Nada seria impossível para o rosário da civilização de fé inabalável: modelo único, capitalismo narcótico, mutação antropológica. Mas na poesia e no pensamento de Horácio, há uma suspeita que anuncia os impasses do *humano*, quando a técnica oblitera o espaço e o tempo entre o Homem e Deus, esta ontologia ambivalente *para-humana* e *subdivina*, escrita em maiúsculas, a invenção de novas crenças. Em "o abismo" ele anota uma oração irônica dos objetos técnicos contra a especulação divina:

> nas profundezas do abismo
> os aparelhos de ar refrigerado abafam a
> nossa voz
> Já não clamamos ao Senhor

. 2 .

Dessa maneira, podemos sugerir o empenho que se toda história é de amor é, também, *com* a poesia de Horácio, sugerir que toda história é equívoca numa oscilação daquilo que também é o seu fim, um fim, algum fim. E, assim, entre *termo* e *transparência*, Horácio Dídimo sempre é, para nós, o poeta mais raro exatamente porque mais perto de uma aventura convicta e ética quando toda indagação, diante do instante e da história, ainda pode ser uma interdição silenciosa: quando fazer o possível e nada dá no mesmo. Nos restaria, com o poema, fazer a poesia, fazer o impossível. O tempo de seu trabalho com o poema é a expansão desse impossível como *hospitalidade radical*, circunscrição que gira e se engendra ao redor da lentidão, da vida colada à infância da linguagem, ao *in-fans*, numa anarquia deliberada com a síntese e o irreparável da linguagem: dizer quase sem dizer, quase não dizendo, dizer nada e, até, nunca dizer.

Vale o registro de que é essa ausência de demarcação mapeada ou severa — presença ausente no que se indica como "poesia brasileira" — que traçamos um esforço e uma luta para publicar as reedições desses dois primeiros livros: *Tijolo de barro* [1968] e *Tempo de chuva* [1967]. Foram muitos percursos e muitas conversas com alguns editores e algumas editoras, mas nada importa, mesmo quando o lance é o jogo da poesia com o mundo, ou seja, rivalidade, "canibal da própria biografia" e genealogia de vazios, que é bem o caso de Horácio Dídimo com a poesia. E não para deixar à vista as pegadas e o rastro ileso que traçou, não para revirar a memória em busca de um lugar de origem, uma *arché* entre sentido e comando, mas sim para a alegria, esta dimensão insensata do corpo na vida, com a vida, para a vida, que é ler e reler, tomar e retomar, a poesia naquilo que ela não é. A poesia não é uma contribuição a um bem comum, não é um patrimônio comum, mas é sim um modo de existência, uma singularidade de existir, contra a falta de imaginação do mundo como fechado e finito ao sucesso do dinheiro. A poesia não-se--destina. E não à toa Horácio nos contava de um livro de poemas que escrevera e que estaria completamente perdido: *O chão dos astronautas*.

A imagem é impressionante, não apenas pela perda dos originais do livro [manuscrito, datiloscrito, digitado etc., não sabia ao certo], que é o de menos, mas pela expressão "completamente perdido" que remete aos lances mais abrangentes de invenção, risco e partilha insuspeita. É a paradoxal e vulnerável ideia das formas de *fazer* e de *resistir* tomando o poema como mera repetição diferida que Horácio reelaborava na contingência de seu pensamento: a força de existir, a força para existir. E isto já é muito mais do que suficiente a tudo.

E aí encontramos Vitor Castro, editor da Mórula, a quem agradecemos imensamente, que topou o risco da proposição política que tentamos referendar a partir da poesia de Horácio Dídimo nesses dois livros. Importantíssimo agradecer também ao filho, Luciano Dídimo, diretor do Instituto Horácio Dídimo, e a Ana Paula Vieira, uma das netas, que nos ajudaram imensamente para que essas reedições acontecessem.

. 3 .

Então, repare-se, ao entrar nessa esferologia da fábrica, com a imagem do tijolo e, ao mesmo tempo, com a imagem do que se inscreve no barro, tem-se uma maneira ecossocialista de tocar o mundo, que está diante do *ludos* da infância, do *nonsense* e suas tramas, dos enigmas da conversão e da fé até os desaprumos do tempo, da morte, da palavra, dos impasses da tradição da poesia e algumas referências, como por exemplo, o concretismo de Apollinaire, as vanguardas russas, a poesia de Joaquim Cardozo, o epigrama recriado, as intertextualidades de historinhas desmedidas, a animalidade, a seca nordestina etc. Esse *Tijolo de barro*, escrito na areia no meio de uma ventania, é uma recuperação da parábola cristã da "mulher adúltera", quando Jesus rabisca algo na areia e que não se sabe o que é. O que se tem é vínculo, dádiva, frente a um mundo doente quando tudo é ordem e também, em nossa lástima moralista, contraordem. As linhas tensas de Horácio Dídimo removem-se contra toda a precariedade da fala, com seus modos de uso da frase feita. Nesse gesto às avessas, projeta uma dança — *dizer sem dizer* —, um *dizer* esgarçado numa espiral que beira o sem fim do sem fim, mais perto do mistério, do milagre e o mais longe possível do chão. No poema "o galo verde", retoma a cor e inscreve um bom exemplo desse apontamento diante do "tempo de chuva", "tempo de ventania", imparável, faminto, onívoro:

> tempo de chuva és tu
> oh galo verde
> de estranhas alcateias na garganta
> devorando flores e florestas
> como se fosse ontem
>
> tempo de chuva és tu
> oh galo verde
> veloz
> alado
> imprevisível
> como se fosse o tempo ventania

Escrever, para Horácio, nunca foi uma necessidade, mas sim um desejo, uma exigência, uma emergência. Aderir ao movimento dos dias, à ausência de superfície, sem abundância, sem sucesso, sem fracasso, sem estratégia de mercado, sem propaganda, "participação ausente" e efetivamente severa, numa preferência radical ao mínimo em troca da glória de fazer livros. Quando escrever não é fazer livros, e isto é um gesto que se dispara como "o raro", numa cosmologia de sonho, quando um livro é o céu, um repouso no escuro, algo inseparável do pensamento; tal como simplesmente caminhar vagarosa e convicto por uma rua cheia de gente ou vazia. Uma coragem: alguém a algo. E isto se demora numa *anacronia*, a pensada por Derrida, por exemplo, quando não há apenas um único tempo, assim como também não há um instante sem medida comum com outro instante, e isto se dá por causa da morte. Diante da morte não há cronologia nem cronometria: "Não se pode, nem mesmo quando se readquiriu o sentido do real, medir o tempo.", diz Derrida.

Horácio recusou educadamente um prêmio. Suas tarefas com o poema existem em silêncio. Era o passo lento, a voz baixa, o riso elegante e torto daqueles que só são capazes de rir assim porque percebem e incorporam que a vida não passa de algumas perguntas embaraçadas que esboçam o desenho de uma rarefação incomum. Mais forte, essa rarefação das linhas desenhadas por ele, nos indicam que no fim disso tudo não há resposta alguma, apenas "hipóteses", como esbravejou a boneca Emília, sua personagem favorita, ao sabugo Visconde. Nessa volta e meia do caminho da vida, um desequilíbrio, Horácio levou à risca o que disse Dante: o poeta tem que ser perigoso, a poesia tem que ser perigosa. É a essa ideia de que muitas vezes é preciso não se mover, a lado nenhum, e, mais ainda, do quanto o mundo, naquilo que ainda existe como poema, vem numa dobradura de criança, que é sempre a de um *provavelmente*, feito passarinho carrancudo.

. 4 .

Tijolo de barro, uma alegoria *com* um Deus católico, mas também com Eros, recupera a noção de intervalo contínuo, linha paralela entre livros e com um tempo de abismo cristão, um *religere* [reler, rever, revisitar, retomar] e, simultaneamente, um *religare* perdido [religar, voltar a ligar, atar, apertar]. Assim, este livro é tanto uma releitura quanto uma religação com a ideia de que o mundo só é se no impossível das coisas pequenas. E vem compondo e recompondo o livro do ano anterior como um pedido de clemência, que não para de se reinventar muitos anos depois em vários outros livros de Horácio como uma repetição sempre diferida de dizer sem dizer tanto: imaterialidade, inaparência, nenhuma imagem é o visível e toda imagem, se ainda aparece, é apenas e somente uma invisibilidade. Como se pode ler e ver no poema "a paisagem":

> o cérebro metálico e megatônico da bomba
> não se interessa pela paisagem
>
> apenas antevê a grande explosão

Os homens-detonadores
continuarão
ante a loucura final
quem os pode deter?

CARLOS D'ALGE

Sei que nessa hora
nesse instante
coisas intocáveis e transcendentais
estão acontecendo.

DURVAL AIRES

afirmação

um dia haverá alguém que diga
— não
um não que cortará os pulsos
do desespero
um não que surgirá firme
como o sol na madrugada
e encherá os nossos olhos
de lágrimas

a cidade

na rua encontraremos pessoas que andam
e pessoas que param
homens presos pelos colarinhos
e mulheres acorrentadas

na rua encontraremos guardas-civis
        [dormindo nas calçadas
e cicerones enforcados nos postes
        [de iluminação
na rua encontraremos os ossos
da canção

a coisa

sei que você possui a coisa
não porque a tenha surpreendido
ou vislumbrado
ou pressentido

nem mesmo pela insistência de sua heráldica
ou de seus estandartes

sei que você possui a coisa
porque tenho absoluta certeza

a conjuntura

o violino diz que sim
o violão diz que não
e o poeta faz dó
ré mi fá
sol lá si
com as suas palavrinhas

a conspiração

as nossas maquinações
não são suficientes para interromper lá fora
o voo dos lepidópteros

a corda e o poço

a corda
desce dançando
com um balde na mão

o poço
não tem água dentro
nem nada

o poço
tem só escuro
de borda ao não fim

a encruzilhada

pode ser
mas pode também
não ser

a galinha e o grão

de grão em grão
a galinha controla
sua dieta

de grão em grão
(involuntariamente)
a galinha prepara
nossa refeição

a guerra

a guerra possui canhões
amestrados para a caça

a guerra estraçalha a presa
com seus dentes de metal

a guerra ostenta em suas garras
bombas aduncas

a paz é uma louca gargalhada
que canta nos obuses corações

a hora

vinde ver
como somos terríveis

amanhã ali e acolá
são lugares distantes

hora de capitular
mas estamos firmes

“a lanterna de diógenes” — bar e restaurante

poucos
são
os
homens

e
muitos
os
abdomens

a lição

vidro vida
pedregosa

pedra rosa
vagarosa

a mão

as crianças brincam na calçada
os adultos trabalham sonhos confusos
os velhos descrevem longas espirais

a mão do tempo vai construindo
e destruindo

a noite

sob o impacto
de teu luar de água marinha
as horas descomediram-se
num abismo de tempo muito longo

era de se ver
sob a luz angustiada das estrelas
os despropósitos milenares
do amor

a órbita

girassol
bleu
        blau
blue
terrazul

a onça e o macaco

a onça encontrou-se com o macaco e disse:

— compadre macaco, finalmente hoje é o grande dia.

— por que hoje é o grande dia, comadre onça? — perguntou o macaco.

— se eu fosse você não faria uma pergunta dessas — respondeu a onça.

e comeu o macaco.

a paisagem

o cérebro metálico e megatônico da bomba
não se interessa pela paisagem

apenas antevê a grande explosão

a princesa

a princesa mandava no céu e no mar
no tique-taque do relógio
no leve farfalhar do bosque de malmequeres
a princesa sobraçava uma ânfora de penas
onde estavam escritas as mutações do dia
    [amanhecendo
as horas de pouco caso
e os pequenos minutos verdejantes

a princesa antes ninguém a conhecesse

a reação

lá vem ela
com suas moléculas doidas
com seus átomos de carbono
hidrogênio oxigênio
completamente desorientados

a sobremesa

quem sabe o que vem depois?

jantamos nossos churrascos
contra a vontade dos bois

a solução

daqui a cem anos
todos os nossos problemas
nos terão resolvido

a trajetória

amanheceu só e pobre como jó

à tarde assinou cheques e papéis timbrados
e desfechou grandes negócios

às seis horas da tarde era um potentado

à noite durante um festim
foi assassinado pelos seus generais

a última rodada

bomba
geral

rosa
banal

vento
letal

ponto
final

afinal

afinal
enfunaram as velas
enfolharam as árvores
enovelaram o fio das recordações

afinal
os lábios da noite enluararam
os mil pedaços da espera
e passarinhos inquietos
chilrearam beijos loucos

afinal
ficou tudo pronto para a festa

ah como eu estava cansado naquele dia!

lá fora
a guerra
o grito
os proprietários da terra
do sol
e de todas as estrelas

ainda é tempo

ainda é tempo de se dizer alguma coisa
ou ao menos silenciar
significativamente
ainda é tempo de se chorar alguma lágrima
ou ao menos olhar
perdidamente
no espaço curvo de teus olhos
— vitrais
catedral de inúmeras esperanças

as coisas

as coisas não acontecem
como a gente quer

nem mesmo como a gente
não quer

as coisas nunca pedem
a nossa opinião

as comemorações

não há tempo nem mesmo para
o choro da criança
a lamentação do mundo não para
como somos tristes!
o vento empurra para trás
a copa verde das árvores

as crianças

todas as crianças dormem
tranquilas nos seus berços azuis
anjos da guarda contentes
velam seus pequenos sonhos

a terra toda é azul

a terra toda é azul?

a terra deveria ser azul
toda azul
como os nossos sonhos mais rebeldes

as maravilhas da natureza

era um sapãozinho
que morava na lagoa
tinha uma raiva acesa nos olhos
mas passava a noite cantando
na sua cadeira de rodas

as pílulas balsâmicas da saudade

as
pílulas
balsâmicas
da
saudade
?

as providências

escovemos os dentes
e engraxemos os sapatos
enquanto estamos vivos

depois será tão escuro
que já não teremos tempo
nem saúde

canção do exílio

verdes mares alencares
doce de caju
além dos coqueiros doidos
ainda azula iracema

morena minha morena
onde canta o sabiá

canto do amor ardente

eternamente
por enquanto

cartilha

o menino tem uma bola
a bola é do menino
a bola é grande
o menino é enorme

o menino está presente neste hoje
o menino joga bola de futuro

certos besouros

certos besouros
segregam louváveis intenções
depois acendem seus vapores de mercúrio
e voam voam voam voam

como os perdizes e os perdigotos
como os gafanhotos
voam voam voam voam

de repente aconteceu uma coisa extraordinária

como se não bastasse
a pleura que envolve a tua plenitude
a relva espontânea dos teus campos
a talassosfera dos teus olhos cansados

durante

desde

quando
?
quando

até

dúvida

é um esfenoide ou uma borboleta?
é o estagirita ou um estafeta?
é a malaguenha
    ou a pimenta malagueta?
é o destino
    ou simplesmente um desatino?
é o vale-tudo
    ou simplesmente um valetudinário?

felicidade

felicidade
de haver recebido
num copo de cristal
rebrilhante de sol
um pouco de água límpida e pura
inesperadamente

floração

na pele
das
rosas

anseios
de
lírios

gravidade

  l
n u v e m
  a

a s a
    v
    e

t e r r a
p e d r a

inventário

as balas e as balelas
os passarinhos e as passarelas
os crisântemos e os lepidópteros

(mas é de ti que eu gosto)

luz azul

      l l l
      u u u
      z z z
l u z   z u l
l u z   a   z u l
l u z   z u l
      z z z
      u u u
      l l l

marinha

verde-cinza
pedaço de mar
aterro

medida de ordem econômica

quem estiver com fome, majestade
deve aguardar mais três dias
para ver se perde o apetite

necessidade

n cessi ade
nec ssid de
 ece idade
n c ssidad
neces da e
 ecessidade
n es id e
necessidad
n c ssi a e
ne essid de
nece s dade

não provarei

não provarei os poemas em calda
da vossa desilusão sabor morango

quero trabalhar com céu azul
na sola do sapato

"no meio do caminho"

c a m   p e d r a p e d r a
p e d r a p e d r a p e d r a
p e d r a p e d r a p e d r a
p e d r a p e d r a p e d r a
p e d r a   i   p e d r a
p e d r a p e d r a p e d r a
p e d r a p e d r a p e d r a
p e d r a p e d r a p e d r a
p e d r a p e d r a   n h o

noturno

o rei
na forma
da lei

a rua
na forma
da lua

a lei
sem lua
nem rua

a lua
sem lei
nem rei

o abismo

nas profundezas do abismo
os aparelhos de ar refrigerado abafam a
nossa voz
já não clamamos ao Senhor

o acontecimento

havia milhares de anos
que tal não acontecia
um dia porém
tal aconteceu

e aconteceu com tanta força
e tanta dedicação
que cresceu de repente uma certeza inata
de que tal não aconteceria de novo
ainda que se passassem
outros milhares de anos

o anãozinho

tanto fez
tanto fez
que uma estrela azul brilhou no céu
pela primeira vez

o bicho feio

diz que era um bicho feio
que todos os dias
vinha toco-toco
com seu passinho miúdo
assombrar a gente

tinha os olhos de cabra-cega-donde-vem
e as pernas pra-que-te-quero

diz que era um bicho até bonzinho

o cavalo e o passarinho

o cavalo tinha muita vontade de voar. um dia criou coragem e pediu emprestado as asas do passarinho. o passarinho achou muita graça, mas acabou emprestando as asas, depois de mil recomendações.

o cavalo, satisfeito, vestiu-as cuidadosamente, trepou-se numa cadeira bem alta e voou longamente em direção a todas as estrelas.

o elefante e o sapo

o elefante olhou para o sapo e disse:

— não sei onde estou que não achato você com a minha pata:

— não faça isso, doutor elefante, eu tenho mulher e filhos para sustentar.

— não me interessa — replicou o elefante; — eu vou é achatar você agora mesmo.

o sapo, cheio de pavor, abriu uma boca enorme e numa fração de segundo estirou a língua e — truco — enguliu o elefante.

o endereço

foi de uma hora para a outra
não podemos mais contar com ele

é preciso riscar o seu nome
da caderneta de endereços

é preciso dizer a todo mundo
que a vida é assim mesmo

que ainda ontem conversamos
(ele achou muita graça)

que foi assim de repente
não havia quem dissesse

o espelho mágico

sim, além das montanhas
ainda mora uma princesa
chamada branca de neve

que é mais bela do que o necessário
do que o aconselhável
do que o permitido pelas leis do país

o faquir

quem é esta
que vem com a derrota
devorando os pássaros
malgrado os olhos verdes?

quem é esta, meu deus
quem é esta?

o fim do mundo

a bomba saiu do casco da manhã
e veio rolando devagar

estava muito séria
e não achava graça em nada

o galo verde

tempo de chuva és tu
oh galo verde
de estranhas alcateias na garganta
devorando flores e florestas
como se fosse ontem

tempo de chuva és tu
oh galo verde
veloz
alado
imprevisível
como se fosse o tempo ventania

o gigante

o gigante faz e acontece
o gigante efetua

o gigante lembra porém esquece
o gigante flutua

o gnomo que perdeu um sonho de madrugada

quando acordou de manhã
tinha sido simplesmente
 uilhotinado

g

o homem na cadeira de balanço

precisamos criar juízo
cumprir as determinações
e tomar enérgicas providências

precisamos coibir os abusos
respeitar os sinais do tempo
e outras normas regulamentares

precisamos ficar calados
diante de certas coisas
porque assim é melhor

precisamos evitar as mãos magras das visitas
os olhos noturnos dos gatos
e o apelo da verdade

o lado

quando a guerra rebentou todos foram para a rua gritando:

— de que lado estamos? de que lado estamos?

— esta guerra não tem lado — anunciou o porta-voz — é uma guerra redonda e total.

o leão e o carpinteiro

o leão queria civilizar-se e mandou chamar um carpinteiro para fazer a mesa do jantar.

quando chegou em casa à tardinha e viu a mesa pronta, deu grandes urros de satisfação.

depois virou-se para o carpinteiro e, medindo-o com os olhos, brandou:

— agora, vamos à inauguração: amigos, amigos; negócios à parte.

o longo caminho

indefinidamente vai mais longe
muito mais longe
do que o rei imagina

o meu o teu e o nosso coração

cada mania
tem o seu doido
de estimação

o milagre

na tua face carminada
não havia o sinal dos girassóis

assim ficamos todos à espera
do milagre de tuas searas:

o parreiral azul até o infinito
o esplendor longe-perto do sol
o amor

o momento

o nosso momento é verde
como os olhos do luar
tem uma rosa vermelha
como os olhos do luar

o tempo sopra na praia
como as cantigas do mar
o nosso momento é verde
como as cantigas do mar

o piano e o dentista

a primeira vez que o piano foi ao dentista, este perguntou:

— piano, quantas músicas você mastiga por dia?

— sei não — respondeu o piano, contrafeito, — nunca ninguém me ensinou a contar.

— ótimo — disse o dentista, — assim não vai doer nada.

o planeta

hoje a terra estremeceu
e os habitantes se sentiram mal
em seus terraços sobre pilotis

no centro da cidade todavia
os robôs conferiam as estatísticas
sentados em poltronas giratórias

e a mão azul preta permanente
escrevia coisas incríveis
ao prezado senhor

prezado senhor:
anexamos à presente para os devidos fins
nossa voz nosso tom e nossa cor

o nome da hora

a hora na verdade não tem nome
embora permaneça no seu devido lugar

sua função é duradoura e ininterrupta

esconder a hora é um crime inominável

a hora tem a face planície
e um futuro promissor

o ouvires

o ouvires diz que vai embora
que não acredita mais em nada

o passarinho mal-ouvido

bem-te-vi bem não te vi
ensinou-me uma lição:
a lição do bem-te-vi
não serviu de nada não

eu criava um passarinho
chamado nunca-se-esqueça
pois bem — esse passarinho
deu muita dor de cabeça

o planeta guerra

as horas explodiram
nos seus fusos

e os elfos
nos seus ufos

traçavam o curso
das humanidades

o poeta cutuca o passado

jamais
é tempo
demais

o poeta reconstrói sua desilusão

a mata
a maca

a meta
a meca

o mito
o mico

o professor

o que mais impressionava

era a extrema magreza
o olhar profundo
a arquitetura bizarra

a falta de tato
o coração vazio
e o riso exagerado

do esqueleto suspenso na parede

o rei não-francisco

lá vai o rei
de rabecão
deixou em casa
o seu tostão

lá vai o rei
de rabequinha
deixou em casa
tudo o que tinha

lá vai o rei
de violão
quebrando as cordas
do coração
chorando as penas
do gavião

o rinoceronte

os córregos e as catedrais
são de tempos imemoriais

os cavalos e as bergamotas
são de épocas remotas

os caprichos e o menestréis
são velhos como quartéis

quantas quedas tu me deste
no paraíso terrestre?

o rinoceronte, meu bem
corre com quantas pernas tem

o terremoto

depois do terremoto, apenas uma casa ficou de pé.

— por que você ficou de pé, sua casa doida, não sabe que houve um terremoto? — advertiu a bruxa.

— um terremoto?! — repetiu a casa com as janelas esbugalhadas.

e foi tratando logo de desabar também com medo da bruxa.

o tijolo

o domingo das nossas esperanças
agora foi morar no seu tijolo

ninguém pode tocá-lo ou meditá-lo
está na nossa arquitetura íntima

as mais duras estrelas tomam conta
e o barro do deserto configura

o vendaval

nos pomares da infância
teus olhos
tuas unhas
e a cica dos amores
verdes

o vice-rei

o vice-rei
engraxa o sapato
do rei

porém o rei
engraxa o ódio
do vice-rei

os caranguejos

os caranguejos
nas lojas de ferragens
batem nas mesas redondas
gritam espadas
assoviam bombas atômicas

os caranguejos
nas suas carruagens
mastigam palavras científicas
e cospem sobre a terra
como se fossem canhões

e lançam gritos de guerra

os fantasmas

à noite
todos os dedos
são dardos
todos os passos
são tardos
todos os matos
são cardos
todos os bêbados
    são bardos
todos os gatos
    são leopardos

os insaciáveis

os insaciáveis
têm as unhas preênseis
e os olhos fora das órbitas

enrolam-se em si mesmos
como moluscos gastrópodes

não ouvem o sino das igrejas
nem o riso das crianças

nem o choro das crianças

os meninos estão brincando na calçada

vamos começar tudo de novo
pode ser que os relógios de aço
nos esqueçam:

as folhas verdes
o sol
os velocípedes

os minutos

tanto depende
(relógio sorriso)
de tão pouco

tudo depende
(instante paisagem)
de tão nada

oh inaudíveis
minutos diamante
desperdiçados

os nossos aeroplanos de papel

senhores passageiros
portadores de fichas verdes
queiram tomar seus lugares na esperança

boa viagem

os três passarinhos

era uma vez um rei
que tinha três passarinhos:
o primeiro queria ser doutor
o segundo, senador
e o terceiro queria era que o deixassem
[em paz

sofro de um domingo verde

sofro de um domingo verde
como não podia deixar de ser

os dedos negros das árvores
tateiam sombras convulsas

o crepúsculo é uma canção
de reflexos inaudíveis

oh como somos irrisórios
com nossos olhos abruptos

talvez

talvez a palavra áspera
não tivesse sido necessária
mas fez brotar do jardim dos sonhos
acadêmicos
a flor maravilhosa
da realidade

talvez nunca pudesse ter sido diferente

o quase-herói
vive contando a história
da sua quase façanha

tudo nunca está perdido

a
ma
nhe
ce
re
mos

um dia

um dia
quando as coisas melhorarem
eu vou me deitar em algum lugar
onde haja um céu bem grande sobre a minha
        [cabeça
e a lua apareça de repente sem cerimônia

um dia quando as coisas melhorarem
eu vou morrer de achar graça

vida

v ida
volta

vi da
ro ta

vi ra
volta

essa segunda edição de **tijolo de barro**, de horácio dídimo, impressa na gráfica eskenazi, em papel pólen bold 90g/m² no miolo e cartão triplex 300g/m² na capa, com a tipografia meridien aparece 55 anos depois da primeira, em 2023: ano em que se completam os 49 anos do primeiro disco de antonio carlos belchior, **belchior [mote e glosa]**, e que luís inácio lula da silva, ex-retirante, nordestino, volta à presidência da república: "assim não vai doer nada".